CADA NOCHE, UNA HISTORIA

30 historias de DRAGONES

Aurélie Desfour

Pauline Caudrillier

LAROUSSE

Sumario

1

La salsa «Pum Patapum»

Desde que nació, Gastón sueña con llegar a ser un buen asador de caballeros. Durante años ha aprendido a volar como una flecha, a devorar las recetas de asados de su libro de cocina y se ha entrenado escupiendo un fuego brillante y anaranjado. Y por fin, un día, el joven dragón está listo para churruscar a su primer caballero.

Abandona el bosque y se pone rumbo al mercado. Al sobrevolar el castillo, descubre a Armando, un pequeño caballero con una pinta muy apetitosa. Gastón lo agarra como quien recoge una margarita y, de vuelta a casa, lo ata con hilo de asar. Al ver el cuidado que pone el dragón al hacer los nudos, el caballero lo felicita:

–¡Eres todo un maestro de la cocina! Pero, ¿con qué salsa me vas a comer?

–Con mi salsa preferida –responde Gastón, con orgullo–. ¡Salsa de pino y piñones!

Sin embargo, Armando no parece muy convencido. Incluso pone mala cara.

–Bueno, no está mal... Pero creo que con mi salsa «Pum Patapum» estaría muchísimo más rico.

¿Salsa «Pum Patapum»? Gastón nunca ha oído hablar de esa salsa. ¡Ni siquiera sale en su libro de cocina! Seguro que este caballero estará para chuparse las garras, pero no hace más que decir tonterías.

–Yo la inventé –continúa Armando–. Nunca nadie la ha probado todavía. Desátame y te enseñaré la receta. Luego, solo tendrás que escoger, y yo mismo me bañaré en tu salsa de pino o en mi salsa «Pum Patapum».

Gastón decide desatar al pequeño caballero. Sus llamaradas son tan potentes que es imposible que Armando llegue a escaparse crudo.

–Ya verás, los sabores te explotarán en la boca, ¡palabrita de futuro caballero asado! –promete Armando.

Sin embargo, lo que el caballero guarda en el bolsillo es un ingrediente secreto: ¡polvos explosivos! Le ofrece una cucharada de salsa al dragón y le pide que escupa fuego para caramelizarla. Gastón respira tan hondo como se lo permiten sus pulmones de dragón y... «¡Pum Patapum!». Los polvos le explotan en pleno hocico. Pero no te preocupes, Gastón no se ha hecho daño, acaba de hacer explotar sus primeros fuegos artificiales. A partir de ese día, el dragón solo tiene un sueño: ¡conseguir el espectáculo de fuego más hermoso del mundo junto a su nuevo socio, el caballero Armando!

1001 RECETAS
30 recetas de Dragones

¡Mucho cuidado con la bruja de la escoba verde!

Desde hace varios días, la bruja de la escoba verde sobrevuela el pueblo donde vive Jade. Cuando la maestra la ve rondar por encima del patio de la escuela dice a los niños:

–Si divisáis en el cielo una sombra verde que se acerca, ¡corred a esconderos!

Hoy, en el parque, Jade está jugando al escondite y cuando acaba de contar descubre un punto verde en el cielo. El punto se va haciendo más y más grande... La niña no tiene ninguna duda, es la bruja de la escoba verde que se está acercando.

–¡Corred! ¡Esconderos! –les grita a sus amigos–. ¡Viene la bruja!

Jade se precipita al bosque para esconderse entre unos arbustos. Sin embargo, la niña se ha equivocado. La bruja no estaba en el cielo, sino paseando a su sapo por el bosque.

–¡Sapos y culebras! –exclama la bruja al descubrir a Jade–. ¡Lo que me faltaba para terminar mi poción! ¡Un mechón de pelo de niño!

Y sin pensárselo dos veces, despega del suelo, coge a la pequeña del brazo y zas, sale volando por encima de las nubes. Al cabo de poco, aterriza en su jardín y encierra a Jade en una jaula. Mientras la niña canta para espantar el miedo, la bruja entra en su minúscula casa dispuesta a terminar su poción.

–¡Ya está! ¡Por fin lograré convertir a los habitantes del pueblo en babosas! –le anuncia a su sapo Leonardo–. Y luego te los ofreceré para cenar, mi querido amigo. Así podré tener la casa de mis sueños. Se acabó vivir en una casucha miserable, ¡a partir de ahora viviré en un castillo!

Sin embargo, la bruja está muy equivocada. No tiene ni idea de que un dragón vigila el pueblo. Y ese dragón tiene un oído tan fino que se entera de todo. De las advertencias murmuradas en el patio de la escuela, de las niñas asustadas que se ponen a canturrear para tranquilizarse e incluso de las conspiraciones secretas de las brujas. Es su sombra la que Jade ha divisado en el cielo, y en el parque. Y es con él que la bruja se da de bruces cuando sale a darle una cucharada de poción a su prisionera. ¿Y sabéis quién se acaba bebiendo el brebaje? Pues la mismísima bruja, que se transforma en babosa y acaba dentro del estómago del sapo. A partir de ese día, cuando una sombra verde sobrevuela el pueblo de Jade, ya nadie se asusta. Ahora los vecinos saben que, muy alto en el cielo, tienen un amigo en quien poder confiar.

Una orquesta *muy peculiar*

*(Adaptación libre de **Los músicos de Bremen**, de los hermanos Grimm)*

Ramón el dragón trabaja para el rey Godofredo. Se pasa todo el día escupiendo llamas para mantener a los bandidos a raya. Y si alguien entra en el despacho del rey sin llamar a la puerta, zas, ¡le chamusca los pelos de la nariz! Pero esta mañana, durante el desayuno, ocurre algo terrible. Ramón no consigue tostar el pan del rey. Por mucho que sople solo sale aire.

–Ya no sirves para nada, vete de aquí –ordena Godofredo.

–¡Pero Majestad, todavía puedo hacer muchas cosas! –responde Ramón–. Es cierto que ya no puedo escupir fuego, pero todavía puedo soplar muy fuerte. Bueno, peor para vos, me voy a la ciudad. Allí me ganaré la vida tocando la trompeta.

Antes de poder dar dos pasos, Ramón se tropieza con Joseta en el patio del castillo. Joseta, el unicornio de la princesa, también ha perdido todos sus poderes al rompérsele el cuerno y ahora tampoco tiene trabajo.

–¿Quieres formar parte de mi orquesta? –propone Ramón–. Puedes ponerte un cascabel en el trozo de cuerno que te queda y con los cascos puedes tocar el bombo.

Los dos amigos emprenden la marcha, pero antes de poder dar tres pasos se encuentran con Gilberto, el gato del castillo. Resulta que el pobre ya no es capaz de ver a los ratones y la reina lo ha jubilado.

–¡Nos hace falta un cantante! –exclama Joseta–. Anda, ven con nosotros. ¡Vamos a causar sensación!

Y así es como los tres se disponen a abandonar la corte. Pero cuando atraviesan el puente levadizo descubren una vieja cabaña en cuyo interior se esconden dos bandidos.

Ramón aguza el oído: los bribones están tramando atacar al rey. Los tres amigos esperan a que anochezca. A medianoche, Ramón pide a Joseta y a Gilberto que se suban a su espalda. Luego, se acercan a la ventana de la cabaña y todos mueven la cabeza al mismo tiempo. Los bandidos, pensando que se trata de un monstruo de tres cabezas, salen huyendo.

A la mañana siguiente, cuando los malhechores regresan a la cabaña, se encuentran con un dragón, un unicornio y un gato que están ensayando unas melodías. Oliéndose un buen negocio, los bandidos deciden cambiar de oficio y abandonar los ataques a los castillos. Se dedicarán a vender entradas para los conciertos de esta orquesta tan peculiar. ¡Todo el mundo ha salido ganando!

El príncipe dragón

(Adaptación libre del ***Rey Rana****,*
de los hermanos Grimm)

Érase una vez una princesa tan mimada por sus padres que había perdido la costumbre de decir «gracias». Esta princesa se llamaba María Clotilde y solo le gustaban los juguetes caros. Su juego preferido consistía en lanzar al aire una pelota de oro y diamantes para admirar sus destellos. Sin embargo, un día, la pelota cayó al fondo de un barranco. Un pequeño dragón que volaba por allí oyó a la princesa pedir ayuda. Al instante, aterrizó y se ofreció a devolverle la pelota a María Clotilde, pero puso una condición: la princesa debía comprometerse a jugar con él toda la tarde.

–¡Trato hecho! –acordó la princesa.

En dos minutos de cronómetro, el dragón se lanzó al fondo del barranco y depositó la pelota en las manos de María Clotilde. Acto seguido, la princesa se dio media vuelta y se marchó. ¡Ya se había olvidado de su promesa! El dragón la siguió revoloteando hasta el castillo. Después, cuando la princesa se zambulló en la piscina real, él se puso el bañador del rey y se lanzó también a la piscina, persiguiéndola en el agua para jugar a waterpolo. Pero María Clotilde hacía como que no lo veía. Se negó a tirarle su pelota preferida. Al cabo de cinco minutos, harta de oírle pedir que jugara con él, le chilló:

–¡Vete de aquí! ¡Déjame tranquila! ¿Es que no te das cuenta de que ya no te necesito?

Alertado por los gritos de su hija, el rey acudió a la piscina. Entonces, el dragón le explicó que había recuperado la pelota de María Clotilde y que, a cambio, la princesa le había prometido jugar con él.

–María Clotilde, ¡uno tiene que cumplir sus promesas! –exclamó el rey–. Tienes un montón de juguetes con los que divertirte. Podrías compartirlos con este encantador dragón.

Al final, la princesa aceptó, contrariada. Sin embargo, a medida que fue transcurriendo la tarde, se dio cuenta de que era muy divertido jugar con un amigo. Incluso descubrió que uno se lo podía pasar en grande con tres palos y unas piedras. Y así fue como, cuando empezó a oscurecer, la niña se acercó al dragón y le murmuró:

–¡Gracias por haber jugado conmigo!

Y con estas palabras, María Clotilde rompió una maldición. ¡El dragón se convirtió en un príncipe muy divertido que acudió todos los sábados por la tarde a jugar con su nueva amiga!

5

Ricitos de Oro y los tres dragones

(Adaptación libre de ***Ricitos de oro y los tres osos****)*

En la cima de una colina muy alta vivía una niña con un precioso pelo rizado. Su cabello cambiaba de color con el sol y nadie hubiera podido decir si era rubia o morena. Así que todo el mundo la llamaba «Ricitos de Oro». El camino que conducía hasta la casa de Ricitos de oro era muy escarpado y había que escalar rocas, atravesar un río... Por eso era muy extraño que alguien fuera a visitarla. Por suerte, la niña había encontrado una solución: para salir de la montaña utilizaba un globo.

Un día, mientras sobrevolaba el bosque, descubrió una cabaña en lo alto de la copa de un gran roble. Y como era una niña muy curiosa, aparcó el globo y bajó.

«¡Vaya! –se dijo Ricitos de Oro, entrando en la cabaña desierta–. Esta casa parece abandonada».

Encima de la mesa del salón encontró tres galletas de ortiga todavía calientes. El olor era tan irresistible que se las comió todas. Luego, descubrió un paquete que parecía un regalo. De nuevo, no pudo evitar la tentación y lo abrió. Dentro había un dragón de peluche.

–¡Qué original! –exclamó, y fue a tumbarse en el sofá, abrazada al peluche, dispuesta a hacer una siesta.

Cuando Ricitos de Oro volvió a abrir los ojos, pensó que estaba soñando. Delante de ella se encontraban plantados tres dragones: papá, mamá y su hija, una dragoncita que debía de tener su edad. ¡Vaya! Ricitos de Oro se había comido todas las galletas, había abierto el regalo y jugado con el peluche... ¡La familia dragón tenía motivos más que suficientes para estar enfadada! Sin embargo, y ante su sorpresa, papá dragón exclamó:

–¡Levántate, pequeña intrusa! ¡Es hora de merendar! Y puesto que te has comido todas nuestras galletas de ortiga voy a preparar plátanos flambeados.

Y así fue como la niña celebró el cumpleaños de la dragoncita.

A partir de ese día, Ricitos de Oro recibió muchas visitas en la cima de la montaña. Y cuando tenía ganas de ir a pasear, ¡solo tenía que montarse a lomos de un dragón!

Benten y el dragón de Enoshima

(Adaptación libre de un cuento japonés)

Hace muchos años, un dragón vivía solo en su cueva. Su guarida se encontraba cerca de las costas japonesas, en las profundidades del océano, allí donde ni siquiera los peces abisales se atreven a aventurarse. A fuerza de estar tan solo, el dragón se había convertido en un ser malvado y no soportaba ningún ruido. Por desgracia, durante el día, las olas le traían las risas de los niños que se bañaban cerca de allí. Para evitar escucharlos, el dragón a veces se tapaba los oídos y otras veces rugía lo más fuerte que podía... pero los gritos de alegría continuaban viajando a través del océano y resonaban en el interior de su cueva.

Un día, decidió dejarse llevar por las olas, se acercó a la costa y cuando se encontró a algunos metros de la playa emergió del agua y destruyó los castillos de arena y robó las pelotas, las palas y los rastrillos. El dragón no quería todos esos juguetes para nada, pero le gustaba hacer llorar a los niños.

Desde su nube, la diosa Benten, lo había visto todo. Ella procuraba que todo el mundo fuera feliz, por eso, al observar la escena, se dio cuenta de que el más desgraciado de todos era el dragón.

«Si es malo es porque está muy triste –pensó–. Debo poner fin a su dolor».

Benten se detuvo a la altura de la guarida del dragón y, con un solo gesto, la hizo emerger a la superficie. Así fue como creó la isla de Enoshima. El dragón, sorprendido, asomó su gran cabeza fuera de la cueva para contemplar el nuevo paisaje que lo rodeaba. Había aparecido un bosque como por arte de magia y, en los árboles, los pájaros cantaban alegres.

Benten se acercó al dragón, con una cálida sonrisa.

–¡Qué aburrido debía de ser vivir solo en esa gruta perdida –dijo ella–. Todos necesitamos compañía. Si quieres, yo puedo ser tu amiga, así dejarás de asustar a los niños...

Y así fue como la amistad transformó al dragón. Poco a poco, dejó de ser malvado. Y a veces, en las playas de Enoshima, se oye resonar el eco de unas risas. Son las risas del dragón que, de vez en cuando, vuelve para jugar con los niños.

7

El rey dragón y el conejo

Érase una vez un dragón que reinaba en las profundidades del océano. Un buen día, su doctor le anunció que estaba muy enfermo. Solamente un hígado de conejo podría salvarlo. Como los conejos no viven bajo el agua, el rey dragón envió una tortuga a tierra firme para llevar a cabo la misión. Nadó durante tres días y al final la tortuga llegó a una playa de arena blanca. Al ver un animal con dos grandes orejas y cuatro patas, se aproximó a él y le preguntó:

–Hola. ¿Eres un conejo?

–Pues claro que soy un conejo –respondió el conejo–. ¿En qué te puedo ayudar?

La tortuga le explicó que el rey dragón deseaba invitarlo a cenar en las profundidades del océano.

–Encantado –accedió–, pero antes deja que me ponga mi equipo de submarinismo.

Unos minutos más tarde, el conejo se subió al caparazón de la tortuga, con las gafas y el tubo de buceo puestos, y ambos se sumergieron en el agua. Sin embargo, cuando llegaron al reino del dragón, el conejo se dio cuenta de que lo habían engañado. No había ningún cocinero preparando la cena. En cambio, vio a unos médicos reunidos que parecían muy nerviosos.

El rey dragón llegó acompañado de sus guardias y explicó al conejo que necesitaba su hígado para curarse. El conejo, que era muy listo, se deshizo en reverencias y zalamerías:

–Majestad, sería para mí un honor ofreceros mi hígado, pero sabed que nunca viajo con él. Es tan preciado para mí, que solo lo llevo cuando es absolutamente necesario. Si la tortuga me lo hubiera contado, no hubiera dudado en llevármelo. Permitidme que vaya a buscarlo al bosque y os lo traeré.

El rey dragón, impresionado por la generosidad del conejo, le concedió el permiso. De un salto, el animal montó sobre el caparazón de la tortuga y ambos se pusieron rumbo a la orilla. Una vez en la playa, el conejo dio un par brincos y, cuando se hubo alejado a una distancia prudencial de la tortuga, gritó:

–Gracias por el viaje, pero tengo que decirte una cosa, ¡mi hígado no está en el bosque! ¿Te creías que me iba a dejar descuartizar por tu rey?

Y tras decir esto, el conejo desapareció silbando y a toda prisa en lo más profundo del bosque.

8

El dragón arcoíris

(Adaptación libre de una leyenda aborigen)

Hace millones de años la Tierra no era más que una gran extensión de arena. Nada ni nadie perturbaba su inmovilidad. Ungud, el dragón sin alas, vivía escondido dormitando en las profundidades de la tierra. Un día, despertó de su sueño y rompió la corteza terrestre. Al levantar la mirada al cielo, descubrió en la Vía Láctea a Wallenganda, el dragón negro que vivía entre las estrellas.

–¡Qué hermoso eres y qué feliz pareces, rodeado de todas esas maravillosas estrellas! –exclamó Ungud, admirado–. En cambio, yo me siento tan solo aquí abajo...

Wallenganda decidió compartir su felicidad con Ungud. Envió los colores del arcoíris para que irisaran el cuerpo del dragón terrestre y creó el Sol y la Luna para que le hicieran compañía.

–Ungud –continuó Wallenganda–, te concedo este tesoro que deberás aprender a compartir. Y deberás proteger siempre este regalo.

–Prometido –respondió el dragón arcoíris.

Ungud se sentía tan feliz que dio la vuelta a la Tierra varias veces. Reptó y reptó, y al hacerlo creó las montañas, los desfiladeros y los valles. Después, al elevarse en el cielo, formó las nubes que derramaron su lluvia sobre el paisaje que acababa de crear. Poco a poco, los desfiladeros se llenaron de ríos y torrentes, los bosques crecieron, las llanuras se convirtieron en océanos. Solo los lugares por los que no había pasado Ungud continuaron siendo desiertos de arena. Una vez hubo acabado de recorrer el planeta, Ungud volvió a adentrarse en la tierra para compartir su tesoro. Cuando volvió a salir lo seguían lagartos de Australia, canguros, koalas, ornitorrincos y una tribu de hombres: los aborígenes.

–Vosotros seréis los guardianes de la Tierra –anunció–. Deberéis vivir en paz y respetar cada piedra, cada árbol y cada grano de arena de este planeta.

A continuación, el dragón arcoíris se sumergió en el océano, en las profundidades abisales, donde todavía sigue hoy, fiel a su tarea.

9

¡Uy, el ratoncito!

Hoy, a la hora de cenar, al dragoncito Leny se le ha caído un diente de leche. Es la primera vez que se le cae un diente. Sus amigos le han contado que esa noche vendrá un ratoncito y le dejará una moneda. El pequeño dragón pregunta a sus padres:

–¿Puedo guardar las migas de pan para dárselas al ratoncito esta noche? Es para darle las gracias por su visita...

–¡Tengo algo mejor! –exclama su madre–. ¡Le daremos corazoncitos de chocolate!

De repente, Leny se fija en su padre, que pone una cara muy rara y se queda callado. Parece como si no pudiera tragarse la sopa. ¡Incluso se ha puesto de color verde!

–¡Vaya! ¿El ratoncito? ¿Va a venir esta noche?

–¡Pues claro! –responde mamá–. ¿Por qué? ¿Qué pasa?

Su padre, que es un dragón muy fuerte, se pone a temblar como una hoja...

–¿Tienes miedo de un ratoncito de nada? –quiere saber Leny.

–¿Miedo? ¿Yo? ¡Pues claro que no! Solo que... ¡Bueno, habéis ganado! ¡Os lo contaré!

Y su padre se instala bien en la silla y empieza a contar:

–Cuando yo era pequeño, mi hermano mayor se reía de mí y me decía que vendría el ratoncito a hacerme cosquillas. Vosotros sabéis cómo odio las cosquillas, así que cuando se me caía un diente lo ponía delante de la puerta de mi habitación, lejos de mi cama, y me tapaba entero. Para protegerme, hacía una especie de cabaña con la manta, que sujetaba debajo de la cama con pinzas de tender. Incluso le pedía a mi gran oso de peluche que montara guardia... Desde entonces, siempre me han dado un poco de miedo los ratoncitos.

Leny se siente orgulloso de su padre. Es muy valiente, por parte de un dragón tan grande, confesar que tiene miedo de los ratones. Suerte que mamá sabe cómo salir en ayuda de su marido.

–Cariño, deberías preparar una nota para el ratoncito. Cuéntale que tienes miedo y verás cómo se lo lleva lejos.

A la mañana siguiente, debajo de cada almohada, encuentran una moneda; una sustituye al diente de leche de Leny y la otra, a la nota que había dejado papá. Y tal como había previsto su madre, hay otra cosa que ha desaparecido: ¡el miedo de papá!

10

¡Unos canguros muy raros!

Esta mañana, al despertarse, Carlota se ha encontrado un sobre encima de la cama. En el interior hay una nota que dice:

Carlota, cariño, tenemos una reunión para aprender a volar cabeza abajo. El Señor Bigotes y la Señora Perilla se quedarán contigo todo el día. Pórtate bien. Nos vemos esta noche, besitos, papá y mamá.

Carlota salta de la cama y baja corriendo las escaleras. Abajo dos extraños dragones hacen piruetas montados en unos patines.

–¡Bueno, por fin te has levantado! ¡Nos lo estamos pasando en grande, solo faltabas tú! –exclama la Señora Perilla.

A continuación, el Señor Bigotes le pregunta:

–¿Qué quieres para desayunar? ¿Lasaña? ¿Pepinillos? ¿Hamburguesa con patatas fritas?

–¡Pero eso no es para desayunar! –responde Carlota–. Quiero una tostada con mantequilla y un vaso de leche, por favor.

El Señor Bigotes parece sorprendido, pero le pone una gota de leche en un taza minúscula, y después unta de mantequilla la tostada... ¡que es una barra de pan entera!

–¡Ya está! –anuncia–. Y bébete toda la leche.

Al terminar el desayuno, la Señora Perilla le propone dibujar un poco:

–¡Buena idea! –exclama Carlota, y se levanta en busca de unas hojas.

–¡No, no necesitamos papel! –dice la Señora Perilla–. Nos haremos dibujos en las alas, será más divertido.

–Bueno, la verdad es que ya no tengo ganas de dibujar –anuncia Carlota, que encuentra a sus canguros cada vez más extraños.

–De acuerdo, ¿quieres que saltemos en el sofá? –propone el Señor Bigotes.

Dos minutos más tarde, Carlota observa como el Señor Bigotes y la Señora Perilla saltan como locos sobre el sofá. Tiene ganas de que sus padres vuelvan ya de la reunión. De repente, hay algo extraño que le llama la atención. La barba de la Señora Perilla se ha caído. Y el mostacho del Señor Bigotes está completamente torcido. Carlota entrecierra los ojos y pregunta:

–¿Mamá? ¿Papá? ¿Sois vosotros, verdad?

–¡Lo has adivinado! –exclaman ambos a la vez–. Hoy es 28 de diciembre, el día de los Santos Inocentes. ¿Vienes a jugar con nosotros?

CEREALES
MIEL

11

Una misión para el «Inspector Dragón»

Al volver de la escuela, León se sienta de un salto en el sillón para ver *Inspector Dragón*, sus dibujos animados preferidos. Antes, le pide permiso a mamá para encender la televisión.

–¡Ni hablar! –responde su madre–. Me habías prometido recoger tu habitación, pillín. Acabo de pasar por delante y parece una leonera.

–Pero mamá, son mis dibujos preferidos. ¡Por favor, déjame verlos!

Entonces papá pasa cerca de ellos, echando humo por la nariz. León sabe que eso no es una buena señal; quiere decir que su padre está un poco enfadado.

–¡León haz el favor de ser un buen dragón! ¡Hasta que no hayas ordenado un poco tu habitación no hay tele que valga!

León sube a su habitación arrastrando las patas. ¿Qué puede hacer? Hay montones de juguetes por todos lados, sus padres no quieren ayudarlo y él no sabe ni por dónde empezar.

¡Y pensar que ahora sus amigos deben de estar tan tranquilos viendo *Inspector Dragón*! Contrariado, le pega una patada a un montón de juguetes. ¡Pam! Su murciélago de peluche salta volando al otro lado de la habitación. León agita las alas y una montaña de juguetes se viene abajo. Junto a un puzle, distingue un avión de espuma. ¿Qué hace ese avión en su habitación? No es suyo... ¿o sí? Claro, ya se acuerda. Se lo regaló su abuela cuando todavía no sabía volar. ¡Le encantaba jugar con él! Decide apartarlo. Entonces tiene una idea; podría poner todos los juguetes que conoce en una caja y así recuperaría todos los que tiene olvidados. ¡Será su propia misión de «Inspector Dragón»!

Poco a poco, como por arte de magia, la habitación empieza a estar más ordenada. Cuando papá y mamá llegan para ver cómo lo lleva, el pequeño dragón está haciendo botar una pelota de goma que había perdido hacía años.

–Cariño –interrumpe mamá–. ¿Quieres ver *Inspector Dragón*? Van a empezar otro episodio.

–¡Gracias, mamá, pero tengo mi propia misión! –responde León–. ¡Volver a descubrir todos mis juguetes es mucho más divertido que ver la tele!

12

Escuela *de* dragones

Hoy, en la escuela de dragones, el maestro da una lección práctica sobre el vuelo rasante.

–Os voy a enseñar a volar lo más cerca posible del suelo –explica el Señor Lanzallamas.

A Hugo no le apetece nada probarlo, está seguro de que volar en rasante es muy complicado, demasiado complicado. ¡Y tiene mucho miedo de hacerse daño!

–¡Venga, vamos! –anuncia el maestro–. Tenéis que sobrevolar el campo de deporte e intentar coger la pelota.

Uno tras otro, los pequeños dragones van ensayando la nueva técnica. Algunos lo consiguen a la primera, otros se enredan las patas en la hierba y acaban rodando en el suelo, riéndose divertidos. Hugo, en cambio, decide volar por encima de la portería de fútbol. El Señor Lanzallamas no se enfada con él, seguro que con un poco de práctica llegará a volar en rasante, como todos sus compañeros. Solo necesita un poco más de tiempo para coger confianza en sí mismo.

Más tarde, al volver de la escuela, Hugo y Celestina sobrevuelan las montañas y se entretienen haciendo *loopings* entre las nubes.

–Yo prefiero volar muy alto en el cielo –comenta Hugo–. Así no corro el riesgo de rascarme la nariz contra el suelo.

–Pues yo he conseguido hacer el ejercicio esta mañana sin problema –lo tranquiliza su amiga–. Tú también puedes hacerlo.

De pronto, a Celestina se le caen las gafas al río. ¡Oh, no! ¡La pobre no ve nada! Hugo no duda ni un segundo, se lanza en picado al fondo del desfiladero y roza con las patas la superficie del agua para recuperar las gafas de su amiga. Está tan concentrado que no se da cuenta de que acaba de realizar un impresionante vuelo en rasante.

–¡Fantástico, Hugo! ¡Lo has conseguido! –exclama Celestina cuando le devuelve las gafas.

–No ha sido tan difícil, solo tenía que acercarme un poco al agua.

–¡Claro que sí! Acabas de hacer un vuelo en rasante. ¡Lástima que sin gafas no lo haya podido ver tan bien como me hubiera gustado!

13

El corresponsal de Rafael

Esta mañana, la maestra tiene una sorpresa para sus alumnos. Reparte un sobre a cada uno de ellos. En el interior hay la foto y la dirección de un corresponsal. Rafael está encantado; podrá escribirse con Emilio, el cocodrilo. Por la noche, en casa, el dragón se pone cómodo y coge su bolígrafo más bonito para escribir la primera carta:

Apreciado Emilio: me hubiera gustado ser un cocodrilo para poder nadar como una flecha en el lago del parque. Pero soy un dragón y no sé nadar sin flotador. ¡Espero verte muy pronto! Rafael.

A la semana siguiente, Rafael encuentra una carta en el buzón. Es la respuesta de su corresponsal:

–¡Hola, Rafael! *Gracias por tu carta. ¿Quieres que nos veamos el sábado en el parque de la Serpiente de Oro? Seguro que nos lo pasaremos muy bien. ¡Hasta pronto! Emilio.*

El sábado acordado, los dos corresponsales se encuentran junto a la fuente del parque. Rafael y Emilio se hacen amigos muy rápidamente. Rafael se sube a lomos de Emilio y juntos atraviesan el lago a toda velocidad.

–¡Qué suerte tienes de ser un cocodrilo! –confiesa Rafael–. ¡Nadas tan rápido como los superhéroes!

–Solo soy un cocodrilo, y no tengo nada de superhéroe –responde, divertido, Emilio–. Ser un dragón también debe de ser fantástico.

Sin embargo, Rafael no ve nada de extraordinario en lanzar llamas cada vez que estornuda. Los dos amigos se están divirtiendo tanto que no se dan cuenta de que el tiempo pasa y la tarde llega a su fin. ¡Tan entretenidos están chapoteando en el agua que el guardián se olvida de ellos y cierra la puerta del parque con llave! El cielo empieza a oscurecer y Emilio está preocupado. ¿Cómo va a volver a casa para cenar? Por suerte, Rafael tiene una idea: enciende una llamita con su aliento para iluminar el camino y luego le dice a su amigo que se suba a su lomo. Zas, salen los dos volando por encima de la verja del parque.

–¡Qué guay! –grita Emilio–. ¡Me ha encantado volar!

Gracias a sus poderes de superdragón, Rafael se ha portado como un auténtico superhéroe. ¡Al final ha resultado que ser dragón también es muy divertido!

14

El truco de magia de Max

Esta tarde, Tom y su padre van a ver el espectáculo de magia de Max, su mago preferido. Cuando todos los espectadores se han sentado, las luces del teatro se apagan y la música empieza a sonar. De pronto, se abre el telón y el público ve al mago que toca un piano invisible. Después, ¡Max chasquea los dedos y el piano se hace realidad!

–¡Necesito un ayudante! –anuncia el mago–. ¿Quién se atreve a subir al escenario?

Al instante, decenas de niños levantan la mano y gritan: «yo, yo, yo». Una luz blanca recorre la sala, enfoca al público y se detiene sobre Tom, que queda cegado. ¡Max lo ha escogido a él!

–¡Sube al escenario conmigo, Tom! –dice el mago, que ha adivinado su nombre–. Mi varita mágica me dice que has colgado un póster con un gran dragón en tu habitación. ¿Qué dirías si te convierto en ese fabuloso animal durante cinco minutos?

Tom no puede creer lo que oye, Max está en lo cierto. Sube corriendo al escenario y el mago lo tapa con una sábana negra con estrellas bordadas de color dorado.

–¡Abracadabra, pata de cabra! ¡Conviértete en un dragón!

Una lluvia de lucecitas de colores revolotean alrededor del niño. De pronto, las manos y los pies se le llenan de escamas verdes y su cuerpo aumenta de tamaño. ¡Ver para creer! Tom se está convirtiendo realmente en un dragón. Cuando Max retira la sábana, el público se queda boquiabierto. Tom tiene ganas de decirle a su padre: «¡Soy un dragón de verdad! ¿Me reconoces, papá?», pero al abrir la boca las palabras se transforman en llamas. Luego, se pone a mover las alas y empieza una bonita danza en el aire. Cinco minutos después, la sala vuelve a quedarse a oscuras.

–¡Abracadabra, pata de cabra! ¡Conviértete en un niño de nuevo! –ordena Max.

Cuando las luces vuelven a encenderse, ya no hay ni rastro del dragón y Tom vuelve a su sitio

–¿Has visto ese dragón? –pregunta su padre–. ¡Parecía de verdad! ¿Crees que debía de ser un robot con mando a distancia? Por cierto, ¿dónde te habías metido?

Tom sabe perfectamente que su padre no creerá nunca su historia, así que se inventa una respuesta y le dice que estaba escondido debajo del escenario. Gracias a Max, el niño ha aprendido que lo más importante de los trucos de magia es creer que todo es posible.

15

El sueño de Dragondú

Después del recreo, la maestra reúne a los alumnos en el rincón de lectura y les anuncia una gran noticia:

–¡Este año prepararemos una obra de teatro y la representaréis delante de vuestros padres! Sin embargo, no hay papeles para todo el mundo...

Dragondú siempre ha querido ser actor. Le brillan los ojos, ¡si pudiera conseguir un papel en la obra, aunque fuera un papel pequeño!

–Los que quieran participar, que levanten la pata –continúa la maestra.

Dragondú levanta tímidamente la pata derecha. Al instante, Fred y Susana lo miran de reojo. Hay que decir que estos dos dragones no se portan muy bien con él, siempre se burlan de las plumas multicolores que cubren su cuerpo.

–Podrías hacer de pollo –se burla Fred–. ¡Pío pío!

–O de Loro –se ríe Susana.

Dragandú lanza un suspiro. Si hubiera nacido con bonitas escamas verdes, como todos los dragones de su clase, nadie lo molestaría.

La maestra empieza a apuntar en la pizarra los nombres de los alumnos que quieren participar en la obra. Dragondú baja la pata. De pronto, llaman a la puerta.

–¡Vaya! ¡Ya ha llegado mi sorpresa! –exclama la maestra.

Jorge Llamarada, el gran actor de teatro, entra en la sala. Sus escamas doradas brillan con la luz, ¡es tan guapo!

–He invitado al Señor Llamarada para que nos hable de su profesión –explica la maestra–. ¿Alguien quiere hacerle alguna pregunta?

Susana toma la palabra:

–¿Qué ha hecho usted para tener unas escamas tan bonitas?

–¡Nací con escamas doradas! –responde Jorge Llamarada–. Pero eso no siempre fue una ventaja. Cuando era pequeño, por ejemplo, mis compañeros se burlaban de mí. ¡En cambio ahora todo el mundo quiere ser como yo! ¡Qué cosas tiene la vida!

Al oír a Jorge Llamarada contar su vida, Dragondú se pone muy contento. Quizás, el hecho de ser distinto pueda acabar siendo una ventaja también para él. Este pensamiento le da fuerzas y decide levantar la pata, dispuesto a participar en la obra. Fred y Susana pueden decir tantas tonterías como quieran, le importa un bledo. ¡Ahora ya está un poco más cerca de su sueño!

GALLINITA
OCÉ
Colores del Mundo
ROJO
El viaje de LOBO
La playa
¡GUAU!
Dracomax
12
3
6
9
BABOR
A B

16

Un huevo de Pascua muy especial...

Este año, Margarita ha tenido mucha suerte con los huevos de Pascua. Ha encontrado muchísimos, y de todos los tamaños: pequeños, medianos, e incluso uno muy grande, redondo y con manchas.

–¡Necesitaré semanas para comerme todo este chocolate! –exclama, colocando la cesta de mimbre encima de la mesa de su habitación.

Por la noche, cuando ya se ha dormido, Margarita oye unos ruidos que la despiertan. En un primer momento, cree estar soñado, pero los ruidos se repiten. Vuelve a oírlos otra vez. Y otra. Parece que proceden de la cesta...

–¿Hay alguien ahí? –pregunta.

Como nadie le responde, la niña se arma de valor, se levanta y enciende la luz de la mesita de noche. ¡El gran huevo de Pascua se ha abierto por la mitad! Tres segundos más tarde, una sombra misteriosa planea por encima de la cama. Y, dos segundos después, ¡patapum! La cesta de mimbre cae al suelo.

–Qué cosas más raras están pasando –murmura Margarita.

Justo entonces, la niña ve a un minúsculo bebé dragón cómodamente instalado en su cama.

–¡Uy! ¡En uno de los huevos ha nacido un dragón! –exclama haciéndole un mimo.

Se acuesta de nuevo en la cama y, antes de volverse a dormir, murmura en la oreja del dragón:

–¡Que tengas felices sueños!

A la mañana siguiente, Margarita y su nuevo amigo salen corriendo al jardín. Al aire libre, el dragón empieza a practicar sus habilidades para escupir fuego, con tan mala fortuna que un montón de hojas secas, arrastradas por el viento, se encienden. Por suerte, el fuego se apaga rápidamente, aunque el hocico del dragón continúa humeando.

Margarita está preocupada: este dragón puede causarle muchos problemas... ¿Qué podría hacer? Justo en ese momento, una dragona aterriza cerca del manzano.

–¡Bien hecho, hijo mío! –exclama–. ¡Te he podido encontrar gracias a la humareda que has echado!

¡Uf, Margarita se siente aliviada! Pero mamá dragón tiene mucha prisa, todavía tiene que recuperar tres dragoncitos más. El día anterior tuvo un pequeño incidente y sus huevos se mezclaron con los de Pascua. Antes de marcharse le promete a Margarita que cuando haya encontrado a sus bebés en casa de los niños, volverán todos juntos a hacerle una visita.

Y antes de despegar, la dragona le regala a Margarita un huevo de dragón... ¡pero de chocolate!

17

El dragón de Navidad

¡En el pueblo de Papá Noel la situación es dramática! Dentro de dos días, tienen que empezar a repartir los regalos y... ¡todos los renos están enfermos o medio heridos!

–No podemos perder ni un minuto –dice el jefe de los duendes, intentando tranquilizarlos–. ¡Necesitamos contratar sustitutos ya!

Empieza entonces una gran operación para encontrar candidatos. Los duendes cuelgan carteles en los muros de los pueblos vecinos: ¡se buscan animales que vuelen con rapidez y que sean fuertes y valientes!

Y así es como, el día antes de Navidad, se presentan muchos animales distintos, de varias especies, en el taller de Papá Noel.

–De verdad que me sabe muy mal, queridas amigas –se excusa Papá Noel, acompañando hasta la puerta a un grupo de decepcionadas y agotadas mariquitas–. Pero no podéis hacer despegar el trineo.

–¡El siguiente! –grita el duende que dirige la operación.

Ahora les toca a los murciélagos demostrar su habilidad en el vuelo, y ya ocupan su lugar frente al trineo. ¡Papá Noel enciende los enormes ventiladores y empieza la sesión!

–¡Muy bien! ¡Habéis conseguido hacer despegar el trineo! –grita, contento, Papá Noel.

Sin embargo, después de unos segundos en el aire, los murciélagos caen agotados. Ahora es el turno de las águilas. El vuelo dura quince minutos, ni uno más ni uno menos. ¡Las águilas caen rendidas!

–El trineo es demasiado pesado para nosotras, Papá Noel, ¡lo sentimos!

Durante toda la tarde, van desfilando por la sala de entrenamiento todos los animales voladores de la región: moscas, cuervos, abejas... ¡colibrís incluso! Sin embargo, nadie consigue mantener el trineo en el aire el tiempo suficiente.

–Me parece que este año tendremos que cancelar la Navidad, queridos amigos –murmura, entristecido, Papá Noel.

Cuando ya estaban a punto de cerrar, se presenta alguien en la sala.

–¿Papá Noel, has encontrado a los sustitutos de los renos? –pregunta un dragón, con un gran vozarrón–. Vivo muy lejos, pero el viento me ha traído uno de vuestros carteles.

Tras horas de vuelo, ¡el dragón continúa en plena forma! El dragón es tan fuerte, que él solo puede arrastrar el trineo con todos los regalos. ¡Uf, menos mal! ¡Este año, la Navidad está a salvo!

18

18

El vikingo que se mareaba en el mar

Egil no es un buen marinero. ¡Y eso es un gran fastidio para un niño vikingo! Pero a pesar de ello, siempre está dispuesto a acompañar a sus padres en sus largos viajes por mar.

–Egil, eres el vikingo más valiente que conozco –dice su padre–, pero nos sabe muy mal que te pongas tan enfermo en el drakar.

–Además, tenemos otra supermisión para ti, ¡en tierra firme! –añade su madre–. Se han terminado las hierbas milagrosas. ¿Podrías internarte en el bosque para buscar más?

El pequeño vikingo acepta la misión. Dos días más tarde, cuando sus padres ya han zarpado, él acaba de recolectar las plantas. Se aburre mucho sin su familia... Prefiere estar en alta mar, aunque se maree. Al menos estaría con sus padres. Egil vuelve a internarse en lo más profundo del bosque. De pronto, detrás de una hilera de robles, descubre a un joven dragón que está escondido, llorando. Sin dudarlo, Egil se dirige hacia él.

–¡Hola, dragón! ¡Soy Egil! ¿Qué te pasa?

–Mis padres trabajan durante todo el día –solloza el dragón–. Me aburro tanto, yo solo...

Los días siguientes, Egil va a visitar al dragón y, poco a poco, el animal recupera la sonrisa. Un día, el dragón le propone subirse a su lomo y sobrevolar el mar. Con el cabello flotando al viento, Egil vuela por encima de las olas.

–¡Mira! ¡Es el drakar de mis padres! –grita de pronto, al reconocer el barco azul–. ¡Aterriza! ¡Te los presentaré!

Pero cuando el dragón se prepara para aterrizar, Egil se da cuenta de que sus padres están atados. ¡Unos bandidos los están abordando!

Sin pensárselo ni un segundo, el dragón aterriza sobre el barco. Egil salta a cubierta y ataca a los bandidos. Luego, su compañero los coge con las garras y los tira al mar uno tras otro. ¡Acaban de liberar a los padres de Egil!

–¿Has visto? –le dice su madre–. ¡Te has olvidado de tus mareos! ¡No te has puesto enfermo!

Desde ese día, Egil no pasa mucho tiempo lejos de sus padres. Y cuando no está en el drakar, ¡siempre va a visitarlos a lomos del dragón!

19

El dragón que tenía miedo de la luz

Chazor no es un dragón como los demás, porque al tener miedo de la luz del día, le gusta estar siempre sumergido en la oscuridad. Vive bajo tierra, en galerías subterráneas iluminadas por velas. A veces, se atreve a sacar el hocico, pero solo si va acompañado de sus padres. Fuera de su casa, Chazor anda y vuela con los ojos muy cerrados. Por eso siempre sufre accidentes. Pero hoy, como está harto de arañarse las puntas de las alas con las ramas de los árboles del bosque, el pequeño dragón decide no ir al mercado con sus padres, aunque le hubiera gustado... De pronto, mientras mira sus dibujos favoritos en la tele, oye unos gritos.

–¡Socorrooo! ¡Que alguien me ayude a salir de este agujerooo! –grita una vocecita que resuena en las galerías.

Ni corto ni perezoso, Chazor coge una antorcha y corre en la dirección de donde proceden los gritos. Al cabo de unos minutos, se da de bruces con un duende.

–¿Se puede saber qué haces tú aquí, hombrecillo? –pregunta, asombrado.

Nervioso, el duende se pone a gritar como un loco.

–¡No tengas miedo! –dice Chazor, intentando tranquilizarlo–. Estoy aquí para ayudarte. ¿Qué problema tienes, amigo mío?

–Es que... es que... Me he caído aquí... ¡Y me da tanto miedo la oscuridad! –solloza el duendecillo–. ¡Piedad, por favor! ¡No me comas!

«¿Miedo de la oscuridad? ¿Comérmelo? ¡Rayos y centellas, este duende está loco!», piensa Chazor. Lo mejor será llevarlo a su casa lo antes posible, así podrá descansar y recobrar la calma.

–¡Súbete a mi lomo y te llevo a casa!

Al cabo de un rato, el dragón deposita al duende en el suelo, delante de su casa. Durante todo el viaje, a plena luz del día, se ha esforzado por mantener los ojos bien abiertos. No quería de ninguna manera que su pasajero terminara con la nariz llena de arañazos. El duendecillo le da las gracias y le confiesa un secreto.

–¿Sabes lo que me asustaba de la oscuridad? Pues que viniera un dragón y se me comiera. Pero ahora, gracias a ti, he aprendido que los dragones sois amables. Ya no tendré nunca más miedo de la oscuridad ni de los dragones.

–¡Eres muy valiente, te felicito!

Chazor se da cuenta de que él también ha superado su miedo. Seguro de sí mismo, decide darles una sorpresa a sus padres y se pone rumbo al mercado, ¡con los ojos abiertos de par en par!

20

La herencia de Jack el Bueno

Ahora hará un siglo, Jack el Bueno se presentó en la montaña de su amigo el dragón Llama Roja.

–La piratería es un oficio cada vez más difícil –se quejó–. Me da miedo que mis descendientes se encuentren en la miseria. Llama Roja, te confío mi herencia. Dentro de un siglo más o menos, deberás devolver este tesoro a mi bisnieto. Pero ten cuidado, ¡nadie más que él debe apropiarse de este tesoro!

–¿Cómo reconoceré a tu bisnieto? –preguntó el dragón.

–No puedo darte más detalles, los bandidos podrían estar vigilándonos. ¡Escucha a tu corazón y sabrás a quién debes darle el tesoro!

Antes de despedirse, Jack el Bueno le regaló un anillo oxidado a su amigo.

A lo largo de los años, la leyenda de la herencia del pirata corrió de boca en boca por las tabernas de todos los puertos del mundo. Muchos piratas se presentaron ante el viejo dragón con la esperanza de engañarlo y hacerse con el tesoro. Sin embargo, ninguno de ellos le inspiró bastante confianza. Un día de otoño, una joven pirata, vestida con harapos, amarró su modesta barca a los pies de la montaña. La joven se llamaba Bárbara y había ido allí a coger higos. Detrás de un matorral se encontró con el dragón, que estaba tejiendo un gorro. Hablaron durante un buen rato de las plantas de la montaña y ella comentó la suerte que tenía el dragón de vivir en plena naturaleza. ¡Eso sí que era riqueza! Llama Roja estaba encantado. Por primera vez desde hacía muchos años, podía hablar con alguien que no le reclamaba el tesoro de Jack el Bueno. Invitó a Bárbara a su cueva y entre los dos prepararon una merienda con los frutos que habían recogido en la montaña. Antes de despedirse, para darle las gracias, Bárbara le regaló un anillo oxidado.

–¿Por qué tienes tú un anillo como este? –preguntó Llama Roja, muy intrigado.

–Mi abuelo le dio a mi padre y mi padre a mí. No sé qué significa, pero en mi familia es tradición regalar anillos oxidados.

Llama Roja fue a buscar el viejo anillo que tenía guardado en una caja de té y, a continuación, le anunció a Bárbara que le iba a entregar la herencia de Jack el Bueno.

–¿Sabes una cosa? Yo no necesito ese dinero para nada –respondió la joven pirata–, pero tú podrías utilizarlo para plantar más árboles en la montaña. ¡Y yo estaría encantada de ayudarte!

21

¡Socorro! ¡Niños!

A Sam le encantan las historias de miedo y, si salen niños, mejor que mejor. ¡Esos personajillos le dan auténtico pánico! En su libro preferido, dos gemelos, Pedro y Lisa, devoran a una familia entera de dragones. Esta mañana, Sam se ha levantado muy cansado. Se ha pasado la noche soñando que los gemelos lo devoraban y ha dormido muy mal.

–¡Sam! –grita su madre, desde las escaleras–. ¡Tienes que salir volando o llegarás tarde a la escuela! ¡Date prisa! ¡Y no vuelvas tarde!

Al salir de la escuela, Sam se despide de sus compañeros y emprende rumbo a casa a través de las nubes. Pero, al echar un vistazo al reloj, se da cuenta de que llega muy tarde. Así que, para no perderse las historias de miedo, pone el turbo y decide sobrevolar el bosque prohibido. Sin embargo, está tan preocupado mirando el reloj, que no se da cuenta de que está perdiendo altura. ¡Patapum! Ha chocado contra un árbol. Al pobre dragón se le embarullan las alas entre las ramas y acaba cayendo al suelo, a los pies de un pino. ¡Pim pam pum! Con el golpe, una enorme rama se rompe y le cae encima, inmovilizándolo.

–¡Socorrooo! –grita Sam–. ¡Estoy atrapado!

No muy lejos de allí, un niño ha oído el estropicio ocasionado por la caída de Sam. Llega corriendo y el dragón, al verlo, se queda tan aterrorizado que no es capaz de lanzar ni una llamita... Por suerte, al cabo de unos instantes, el niño da media vuelta y se marcha corriendo.

–¡Uf, por los pelos! ¡Qué suerte he tenido! –exclama–. ¡Pensaba que acabaría en el estómago de ese monstruoso niño!

Tras muchos esfuerzos inútiles por liberarse, Sam se queda dormido. De pronto, unos murmullos lo despiertan. El niño ha vuelto acompañado de su hermana gemela.

–¡Pobrecito! –exclama la niña–. Ya sé que te dan pánico los dragones, Tim, pero tenemos que ayudarlo a salir de ahí. ¡Has hecho bien en venir a buscarme!

Los niños levantan la rama y liberan a Sam. El dragón, asustado, sale volando a toda velocidad en busca de su madre. Esa noche, Sam no pide que le cuenten la historia de Pedro y Lisa. Ha entendido que, en realidad, los niños no son tan malos como los pintan. Ha decidido que de ahora en adelante los erizos protagonizarán sus historias preferidas. ¡Con todas esas púas tan terribles, dan un miedo de muerte! ¿No te parece?

22

¡Superdragón al rescate!

En el cuartel general de las pesadillas, las noches se hacen interminables para Superdragón. ¡Hace una semana entera que no tiene que salvar a ningún niño de sus horrendos sueños!

–¡Jefe! ¿No tiene ninguna misión para mí? –pregunta, impaciente.

Por desgracia, la respuesta es siempre la misma: ¡no, no y no! De pronto suena la alarma. ¡Niiinooo, niiinooo! ¡Pesadillas a la vista!

–¡Alerta naranja! –grita a todo pulmón el jefe–. ¡Hay una pesadilla de nivel «muchísimo miedo»!

Superdragón se prepara para la acción, pero pronto se da cuenta de que no es su turno. El jefe del cuartel general de las pesadillas le encomienda la misión a Willy el Delfín. En la pesadilla, un niño es atacado por unas medusas y Superdragón no sabe nadar... De pronto, vuelve a sonar la alarma. ¡Niiinooo, niiinooo!

–¡Alerta mediorroja! –vocifera de nuevo el jefe–. ¡Está teniendo lugar una pesadilla de nivel «casi terrorífico»!

¡Rayos y centellas! El jefe ha vuelto a ignorarlo y esta vez llama a Supermarmota. Cualquiera diría que ya nadie necesita ser rescatado por un dragón. El pobre superhéroe de las pesadillas empieza a preguntarse si no sería mejor volver a casa. Pero una vez más suena la alarma. ¡Niiinooo, niiinooo!

–¡Alerta maxirroja! ¡Hay una pesadilla de nivel «terrorífico del todo»! Superdragón, ¡tu turno!

Superdragón no se lo puede creer. ¡Por fin una misión para él! Sin perder un solo segundo, se instala en la cápsula y despega a toda velocidad. Cuando vuelve a abrir los ojos, está sobrevolando un paisaje glacial. Una voz le grita al oído:

– ¡Cuartel general a Superdragón! El niño está debajo de la cápsula. ¡Ahora te toca a ti actuar, Superdragón!

Superdragón vuela en picado. Ha localizado la escena de la pesadilla. El abominable hombre de las nieves tiene prisionera a una niña dentro de un cubito de hielo.

–¡Otra vez ese monstruo! ¡Aguanta un poco más pequeña!

Superdragón vuela alrededor del cubito y lo funde a fuego lento. Una vez que la niña se libera, el abominable hombre de las nieves huye corriendo.

–¡Buenas noches, pequeña! –saluda Superdragón, indicándole el camino del país de los sueños.

Ahora, nuestro héroe ya puede regresar al cuartel general. De pronto suena otra vez la alarma.

–¡Superdragón, alerta maxirroja! ¡Un niño atacado por buitres!

Y se dirige feliz a su nueva misión.

23

Los Dragonotas

Keyla, la hermana pequeña de Aska, nació con seis brazos, cosa que no es habitual entre los dragones. A lo largo de los años, Keyla ha aprendido a utilizar todos los brazos con gran destreza. A veces resulta muy práctico: puede cepillarse los dientes, peinarse y pasar las páginas de un libro al mismo tiempo. Pero otras, resulta muy cómico: por ejemplo, cuando Keyla está concentrada en su lectura puede ponerse pasta de dientes en el pelo y peinarse la punta del hocico. Es entonces cuando Aska se da cuenta de que es una suerte tener una hermana tan diferente de los demás dragones. Sin embargo, aunque en casa todos adoran a Keyla, en la escuela muchos alumnos se burlan de ella... Una vez, le dijeron incluso que parecía un pulpo, con tantos brazos. Por eso, Keyla cada vez está más triste, y por eso también Aska intenta encontrar una solución que le levante el ánimo. Un día tiene una idea.

–¡Necesito tu ayuda! –le anuncia a su hermana pequeña, invitándola a entrar en su habitación–. ¡Voy a montar un grupo de rock, y tus seis brazos nos vendrán de maravilla!

Aska coge la guitarra y empieza a tocar una melodía.

–¡Trato hecho! –responde, entusiasmada–. ¡Ensayaremos y nos convertiremos en el mejor grupo del mundo!

Unos meses más tarde, celebran el espectáculo de Navidad de la escuela. En el gimnasio han montado un gran escenario y los artistas van representando sus números, uno tras otro. ¡Aska y Keyla son los últimos en salir al escenario! Se abre el telón y aparecen los dos dragones, elegantemente vestidos con camisetas plateadas.

–¡Hola a todos! –anuncia Aska, cogiendo el micro–. Somos un nuevo grupo de música, nos llamamos los «Dragonotas».

–¡Un, dos! ¡Un, dos, tres, cuatro! –empieza Keyla, tocando la batería.

¡Chim, pam, pum! ¡Chim, pam, pum! La pequeña dragona mueve las baquetas arriba y abajo, y además toca el teclado y el bajo. Las canciones de rock que interpretan los dos hermanos caldean el ambiente y la gente está entusiasmada. ¡Bravo, Dragonotas!

LOS
DRAGONOTAS

24

Una sustituta muy, muy extraña

Elsa cuelga su abrigo en el perchero y va corriendo a la clase en busca de sus compañeras. ¡Vaya, el maestro no ha llegado!

–El maestro no vendrá en toda la semana –anuncia la directora–. Pero permaneced sentados, ahora mismo vendrá la sustituta...

–Espero que no sea demasiado severa –murmura Elsa al oído de Lucía–. La última sustituta fue un rollo.

De pronto, la clase se queda en la penumbra. Alguien está llamando a la puerta acristalada.

–¡Buenos días, niños! Soy la sustituta. ¿Podríais abrirme la ventana, por favor? –pregunta una dragona enorme–. Soy demasiado grande y no puedo pasar por la puerta.

Cuando por fin la maestra llega a la pizarra, los niños la asaltan a preguntas. ¡Vaya jaleo!

–¡Tranquilos, niños! Será mejor que me contéis qué hacéis normalmente el lunes por la mañana.

–¡Leemos muchos cuentos! –responde Elsa.

La dragona abre un libro, pero está tan nerviosa que no puede evitar lanzar una llamarada por el hocico. ¡El libro se quema! Suerte que la dragona recupera el control y sopla lentamente para apagar las llamas.

–Primera lección: no todos los libros son iguales. ¡Algunos tienen agujeros!

Elsa y Lucía intercambian una mirada. La nueva maestra tiene un curioso sentido del humor.

–Antes de desayunar, hacemos deporte –explica Lucía–. ¿Nos podría enseñar a volar?

–De acuerdo. ¡Montad todos sobre mi lomo!

Una vez en el aire, la maestra explica a los niños el funcionamiento de sus alas. A continuación, les muestra cómo aprovechar los diferentes tipos de viento para volar. Pero, cuando se dispone a aterrizar, desciende demasiado deprisa y rompe la cesta de baloncesto del patio. ¡Suerte que nadie ha salido herido!

–¡Gracias, ha sido fantástico! –exclaman los niños al unísono.

Sin embargo, la dragona no parece muy satisfecha.

–¡Uy, no! ¡Hubiera podido haceros daño! Lo siento niños, creo que será mejor que no vuelva esta tarde.

–¡No, no, por favor, maestra! –se queja Elsa–. ¡Eres un poco patosa, pero aprendemos muchas cosas contigo!

La dragona se queda más tranquila, y tiene una buena idea para la clase de la tarde: les enseñará a los niños a hacer objetos de vidrio... ¡con arena y fuego!

Fecha: lunes 3 de marzo
1
6

25

Una tarde en el **hospital**

Todos los miércoles, Melchor come en casa. Después de haber devorado su comida preferida, el pequeño dragón salta sobre el sofá y coge su osito de peluche. ¡Patapum! Acaba de caerse al suelo y se ha torcido el tobillo. Sus padres acuden a ver qué le ha pasado, y se llevan un buen susto. ¡Melchor se ha hecho daño! ¡No puede andar!

–¡Madre mía, hijo! Tenemos que ir inmediatamente al hospital infantil.

¡Al hospital! ¡Qué horror! Melchor no ha ido nunca, y se imagina a un gran dragón en bata blanca corriendo tras él para ponerle una enorme inyección.

–¡Nooo, tengo miedooo! –solloza el pequeño, asustado–. ¡Por favor, mamá, papá, no me llevéis al hospital!

Pero Melchor se ha roto la pata y necesita algo más que una simple tirita. Solo el médico podrá curarlo. En el coche, mamá se sienta detrás con él y le da la mano todo el viaje. Cuando llegan al hospital, una enfermera muy amable le pregunta qué le ha pasado.

–¡Hola, Melchor, el médico te verá enseguida!

Mientras esperan, su madre le explica un cuento. «Érase una vez un médico muy simpático que era muy bueno curando a pequeños dragones. Todos lo adoraban y por eso las paredes de su consulta estaban llenas de dibujos y de palabras amables: “Gracias, eres el mejor doctor del mundo”». Cuando la enfermera lo llama, está tan ensimismado escuchando a mamá que ni se da cuenta.

–Ven conmigo, Melchor –dice la enfermera, con una voz muy dulce–. ¡Venga, vamos a curar esa pata!

Mientras están curando al pequeño, sus padres esperan en la sala de al lado. Al cabo de un rato, Melchor reaparece con una gran sonrisa en los labios y dos muletas.

–¡Hola, ya está! ¡Ha sido muy divertido! Me han puesto una escayola, pero no me ha dolido nada.

–Has sido muy valiente, Melchor –lo felicita la enfermera–. ¡Ahora ten cuidado con la pata! ¡Dentro de unos meses podrás volver a correr!

Una vez en casa, el pequeño dragón le cuenta a su osito la experiencia en el hospital.

–¿Sabes qué? Al final, el hospital no da tanto miedo. Mira, tienes una pupa en la cara. ¡Ven conmigo, te voy a curar en el hospital de osos!

26

Una princesa muy rebelde

En su país, Alan es el único dragón que nunca ha raptado a una princesa. La gente piensa que no sirve para nada. ¡Está más que harto! Para airearse un poco, pasa los días sobrevolando las tierras de los reinos vecinos. Una buena mañana, se fija en una princesa que está cogiendo flores en el campo. ¡La ocasión la pintan calva! Desciende en picado y atrapa a la princesa con las garras. La transporta por el aire y la instala en el último piso de una torre muy alta de donde es imposible escapar.

–Espero que te guste tu nueva habitación –balbucea Alan, un poco avergonzado.

La princesa coge la lámpara que hay sobre la mesita y se la tira a la cara. Luego, mientras el dragón se frota el hocico, dolorido, ella lo enrolla con las cortinas. Y en un abrir y cerrar de ojos, la princesa aprovecha para huir por la gran ventana. Cuando Alan consigue por fin liberarse, descubre a la princesa a punto de saltar al vacío. ¡Rayos y centellas! ¡Está intentando escapar, pero podría hacerse mucho daño! Alan acude disparado a salvarla.

–¡Quiero volver a mi casa, bestia asquerosa! –vocifera la princesa.

–Quédate aquí –refunfuña Alan–. Voy a preparar un té.

El dragón lanza una llama para calentar el agua del cazo, pero en ese mismo instante, la princesa, escondida detrás de la puerta, le asesta un fuerte golpe de escoba.

–¡Esta princesa es un monstruo! –exclama Alan.

Con dos llamaradas, el dragón forja unos barrotes de hierro que coloca en la ventana a modo de reja, y la cierra con un gran candado. Pero el dragón se siente culpable, así que decide preparar una deliciosa cena. ¡Quizás así la princesa lo perdone!

–Gracias –suspira la princesa–, pero no me gusta comer sola. ¿Puedes quedarte a cenar conmigo?

Mientras Alan llena la jarra de agua, la princesa aprovecha y tira todo el bote de sal en la bandeja. Cuando el dragón prueba la comida, monta en cólera. ¡Todo el día cocinando para nada! El pobre Alan se pone a llorar desconsoladamente y le dice a la princesa que suba a su lomo, que va a devolverla al campo donde la encontró.

–¡Venga, monta! –le dice–. No quiero tener prisioneros. ¡Es demasiado difícil! ¡Y me importa un bledo lo que piensen de mí los demás!

Ahora que la princesa puede marcharse si quiere, le pide a Alan que sea su amigo. Pero lo cierto es que, incluso libre, ¡la princesa continúa siendo una rebelde!

27

Matilda quiere un animal de compañía

Matilda es hija única. Sus padres la miman mucho y su habitación está llena de peluches, libros y juguetes. Pero, incluso así, a veces la dragoncita se aburre. ¡Le gustaría tanto tener un animal de compañía para poder cuidarlo!

–Mamá –dice un buen día–, podríamos tener un gato en casa.

–Cuidar de un animal es una responsabilidad muy grande –le explica su madre–. ¡Un gato no es un juguete!

Pero Matilda no se queda conforme y decide demostrarle a su madre que ella puede ser muy responsable. Con un cartón recortado fabrica un cesto para gatos. Y también cose un almohadón con retales de viejos vestidos que se le han quedado pequeños. Impresionada, su madre la lleva a buscar un gatito. Matilda está encantada con su nuevo amigo. Se ocupa de él todo el rato. Pero hay un problema: su madre acaba de descubrir que tiene alergia al pelo de gato. ¡Desde hace unos días no para de estornudar!

–¡Achís! ¡Achís! No es nada, solo tengo que salir de la habitación cuando esté el gatito.

Pero no es tan fácil, cada vez que mamá estornuda se le escapan bolitas de fuego del hocico. De mala gana, Matilda llama a la puerta de su vecina.

–No puedo tener el gato –solloza la pequeña–. Mi madre tiene alergia, y si continúa, va a incendiar la casa.

La vecina hace tiempo que quería un gato, y lo cuida muy bien, pero Matilda está triste. Necesita tanto tener a alguien de quien ocuparse...

–¿Adoptamos un perro? –propone su madre, pasando el aspirador para acabar con los pelos del gato.

–Pero... ¿y si también eres alérgica a los perros? –responde Matilda, preocupada por si tiene que volver a abandonar a un animal. Y, con lágrimas en los ojos, añade–: Tendré que contentarme con mis peluches.

Más tarde, en el jardín, la pequeña oye unos gorjeos. Un pajarito, pequeño y flacucho, parece haberse perdido. Durante los siguientes días, Matilda lo cuida lo mejor que puede. Y en cuanto se recupera del todo, decide devolverle la libertad.

–¡Venga, pajarito! ¡Vuela, vuela! ¡Vuelve con tu mamá!

Pero el pajarito no quiere alejarse de Matilda.

–Parece que ha encontrado una nueva mamá –dice la vecina, desde el otro lado de los arbustos de frambuesas.

¡Qué contenta está Matilda! ¡Podrá volar entre las nubes con su pajarito todos los días al volver de la escuela!

28

Alicia está harta de ser pequeña

¡Alicia está harta de ser pequeña! Si fuera mayor nadie podría prohibirle saltar en la cama mientras se cepilla los dientes. Y, sobre todo, podría prepararle sopa de *trolls* a su bebé.

–Papa, ¿cuándo tendré un bebé? –pregunta un buen día.

–¡No quieras crecer demasiado deprisa! –exclama su padre–. Ser pequeño es muy divertido.

–¡Precisamente mañana, me dejan un bebé dragón para que lo cuide! –anuncia mamá–. Si quieres, puedes ayudarme.

Al día siguiente, Alicia está tan entretenida bailando en su habitación que se olvida por completo de que tiene que ocuparse de un bebé. Cuando su madre la llama, baja a toda velocidad por las escaleras.

–¡Vaya, aquí estás! ¡Hay que darle el biberón al bebé!

Fantástico, Alicia por fin tendrá la posibilidad de ser mayor. De pronto, un olor muy desagradable le invade el hocico.

–¡Puaj! ¿A qué huele?

–¡No pasa nada! ¡Es el pañal de este precioso bebé, que hay que cambiarlo!

Durante toda la tarde, Alicia ayuda a su mamá a cuidar del bebé. No siempre es divertido y, además, es muy cansado. Tiene la sensación de haberse pasado todo el tiempo tapándose el hocico y los oídos. El bebé no ha parado de llorar. Cuando por fin viene a recogerlo su madre, está encantada de poder volver a jugar. Al atravesar el salón para ir a su habitación, se cruza con su padre que enciende la tele.

–¿Ya dan las noticias? ¡Qué tarde se ha hecho! Yo que quería jugar con mis peluches...

–Tienes tiempo antes de cenar –le dice su padre.

¡Pero Alicia se ha hecho muy mayor y no se quiere perder el telediario! Se sienta en el sofá y se acurruca junto a su padre. Sin embargo, al cabo de unos minutos se queda dormida.

–¡Alicia! –grita su madre desde la cocina–. ¡Ve a lavarte las manos y ven a cenar!

La dragoncita se despierta con un sobresalto. ¿Cómo? ¿Ya? Pero si no ha tenido tiempo de jugar con su peluche...

Después del cuento de la noche, su madre la felicita:

–Muy bien, cariño. Hoy has demostrado que ya eras una dragona muy mayor. Has sido muy responsable.

–Sí... pero me parece que prefiero continuar siendo pequeña un poco más –responde ella, abrazando fuerte su osito de peluche...

A B

29

Antepasados *dinosaurios*

Arturo es el dragón más curioso del pueblo. Siempre quiere saberlo todo. Le encanta comprender los grandes misterios del mundo. Hoy, se pregunta acerca de sus antepasados.

–¿Mamá, quién había antes que tú?

–¿Antes que yo? Pues... el abuelo y la abuela.

Arturo deja escapar un suspiro de impaciencia. ¡Eso no es lo que quiere saber!

–No, mamá, no es eso. ¿Quiénes fueron nuestros antepasados? –responde.

Su madre le explica que los dragones descienden de los dinosaurios.

–¿De los dinosaurios? Pero no nos parecemos nada a ellos.

–¿Os apetece ir mañana al museo? –propone su padre.

Al día siguiente, en el museo, entra con sus padres en una sala oscura.

–¿Por qué no hay luz aquí? –pregunta con curiosidad Arturo–. ¡Da un poco de miedo!

–No te preocupes –lo tranquiliza su padre–, es el planetario.

–Nos van a explicar los orígenes de nuestro planeta –añade su madre.

Cuando empieza la proyección, unas diminutas estrellas salpican el techo. Arturo está fascinado, le da la sensación de ir en un platillo volante mientras le explican cómo apareció la vida en la Tierra.

–¡Qué triste que ese gran asteroide hiciera desaparecer a los dinosaurios! –susurra Arturo, al final de la proyección.

–Es verdad, pero cuando ellos desaparecieron, apareció nuestra especie.

–¡Ahora lo entenderás! ¡Vamos por aquí! –dice papá.

Entran en la sala de los fósiles. Junto a los esqueletos de los dinosaurios se encuentran los de los primeros dragones. Cuando el asteroide hizo desaparecer a los dinosaurios, una especie de dinosaurio marino sobrevivió. A lo largo de varios millones de años, esta especie se adaptó a la vida fuera del mar y se le desarrollaron unas alas.

–¿Cómo encontraron todos estos esqueletos? –quiere saber Arturo.

–Gracias al trabajo de los paleontólogos –le explica su madre.

Arturo descubre que los paleontólogos son científicos que excavan en busca de fósiles. ¡Acaba de descubrir su vocación! ¡Cuando sea mayor quiere ser paleontólogo! ¡Una profesión ideal para curiosos!

Des grands d psaures jusqu'au premier dragon
espèce Marine synonyme de vie

30

El dragón que se sentía solo en el mundo

Tomás está en su habitación, construyendo una maqueta de un avión. Afuera está oscureciendo y las primeras estrellas empiezan a brillar en el cielo. Después de cenar, cuando se haya hecho de noche del todo, observará las constelaciones de estrellas con el telescopio. Pero ahora, tiene que estar muy concentrado. Es difícil montar una maqueta sin equivocarse. De pronto, se rompe el silencio. En la ventana, suenan tres golpecitos. Intrigado, Tomás va a abrir y no puede creer lo que ve. Se frota los ojos, ¿estará soñando? Nada de eso, delante de él hay un auténtico dragón. Antes de que pueda decir ni una palabra, Teko, el dragón, lo agarra y lo deposita en su lomo. Entonces, los dos empiezan un largo viaje. Cuando por fin aterriza, lo hace en un nido, en lo alto de un acantilado. Tomás está preocupado. ¡Su madre se llevará un susto de muerte si no lo encuentra en su habitación!

–Bueno, ¿a qué jugamos? –pregunta al final Teko.

–¿A qué jugamos? –grita el niño–. ¿Por eso me has secuestrado? ¿Para jugar?

–Es que ahora estoy muy solo –explica el dragón–. Tengo hermanos y hermanas... pero se han ido a dar una vuelta y como soy el encargado de vigilar el nido me aburro mucho.

Tomás no se lo puede creer. Existen miles de maneras de divertirse sin estar con los amigos.

–Yo, cuando estoy solo, hago alguna actividad en la que tenga que estar muy concentrado... ¡Busco estrellas en el cielo o hago maquetas!

¿Maquetas? Teko no tiene ni idea de qué es eso, así que Tomás se lo explica. Primero le enseña cómo escoger los trozos de madera, después Teko los sierra con las garras y juntos construyen un fantástico castillo. El dragón está encantado.

–¡Gracias a ti, Tomás, nunca volveré a aburrirme! Y ahora es hora de que te devuelva a casa...

Una vez en su habitación, justo después de cerrar la ventana, su madre entra para decirle que es la hora del baño. ¡Uf, suerte que no se ha dado cuenta de nada! Antes de acostarse, observa las estrellas con el telescopio. Al contarlas, piensa en su nuevo amigo, Teko. ¡Con tantas estrellas es imposible sentirse solo! Además, esa noche descubre una nueva constelación: ¡la constelación del dragón!

Edición original
Texto: Aurélie Desfour
Ilustración: Pauline Caudrillier
Dirección de la publicación: Sophie Chanourdie
Edición: Salomé Sauboua
Responsable artístico: Mélissa Chalot
Maquetación: Astrid Payet
Revisión: Aurélie Lacombe

Edición en español
Dirección editorial: Jordi Induráin Pons
Edición: Emili López Tossas
Traducción: Gemma Roda Pérez
Maquetación y adaptación de la cubierta: José María Díaz de Mendívil Pérez

Bac de Roda, 64, 1.ª planta, local B, 08019 Barcelona
www.larousse.es - clientes@grupoanaya.com

Primera edición: febrero de 2024
ISBN: 978-84-19739-87-2
Depósito legal: B-21307-2023
1E1I

PAPEL DE FIBRA CERTIFICADA